REFERENCIAL ADOTADO

Felipe Augusto

REFERENCIAL ADOTADO

Poemas

ILUSTRAÇÕES **MARCOS GARUTI**

1ª edição
São Paulo, 2025

LARANJA ● ORIGINAL

Find some Is to dot, and Ts to cross
until the mess resembles poetry.

Sophia Thakur

Non posso farlo ora, ma devo
prima o poi sviscerarlo fino in fondo,
fino a un definitivo sollievo

Pier Paolo Pasolini

DO CORPO DE PROVA

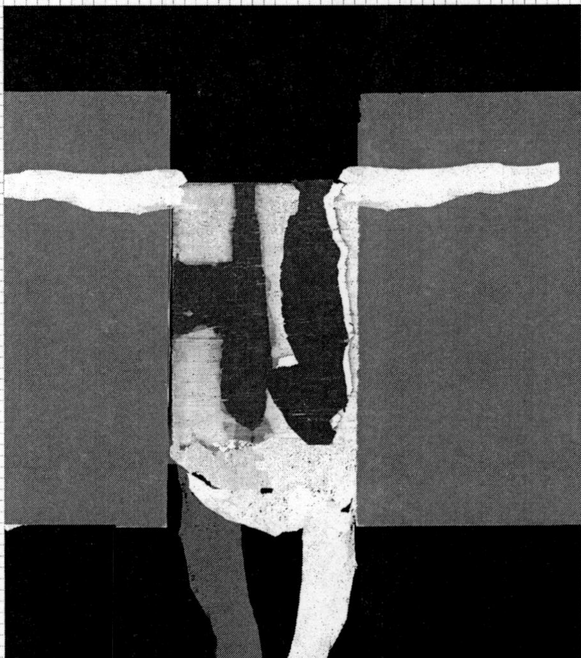

todo referencial adotado
é fragmento é limitância
não presta para nada além que pontual e específico

isto é
serve
a certo domínio ou no máximo
seu contradomínio respaldado
todo referencial adotado
figura ser uma imagem e
fruto de um intervalo fechado
em um dado campo universal

um referencial adotado é tudo
o que justifica
os resultados   observados
uma escotilha
ponto divisão perdulária medalha que em pêndulo pondera
e encaixa o prumo na linha nula do peso
simbolicamente apontada para o núcleo
da terra

e quando um referencial adotado se confunde com o corpo
dá-se a ele nome de anteparo
um referencial adotado é algo
recorrente   ordinário

a noção de movimento ou repouso
do anteparo é sempre relativa à posição desde outro corpo
se em queda é de fora visto como desaplauso de parábolas
dentro de si pleno voo galga
ser da própria alçada motriz

ESPIROMETRIA COMPLETA

a também chamada
função pulmonar
antes me entretém com os
vídeos dos pilotos da esquadrilha da fumaça
de quando estiveram em lavras ou poços de
caldas as fotos posadas com os brigadeiros
da esquadrilha da fumaça e

argumenta com força
para explicar o fôlego
que é demandado destes pilotos
os que respiram tão rarefeito que carecem de máscaras

dão loopings nos ares
com caças
que simulam as cores
nacionais em tracejos

tecem mesmo gráficos
com plexos e côncavas
que explicam com detalhes as relações de trocas
brônquicas fluxos de oxigênio e potência
intervalada de carga tabágica baixa
estimada em 5 maços ao ano
que não fumo cigarros
industrializados
sempre digo à figura da medicina oficial que me
deparo com situações nas quais me sinto como
os jatos da esquadrilha da fumaça e
que isso me alça
a um estado terapêutico

a figura da medicina oficial entende
do que eu falo e até condena sobre
o atraso desse debate
mas no espaço da clínica não podia
avalizá-la como o tratamento sadio

se torna sério comigo
rapaz você convive com um distúrbio obstrutivo de grau leve
poderia ser moderado poderia ser grave a
sorte no seu caso é o
cotidiano de bicicleta
há jovens mais jovens que você buscando este consultório há
jovens em grau moderado e grave
isto em si já é graças

você é responsável estrito pela resposta que dará seu corpo
parar de acreditar que está tudo bem
se você usa apenas 78% da sua
capacidade respiratória

você pode alcançar
seu estado teraupêutico
a isso não cabe censuras
mas a combustão queima as paredes pulmonares
o material particulado resultante da combustão à
fogo percorre e se instala provocando sibilância e
brocoespasmo
indifere do conteúdo mais ou menos nocivo pois
o ato de fumar
é a coisanociva

opções metodológicas para sua terapia paralela é
cozinhar ou fazer uso a partir de vaporizadores de erva de ponta

DOS BRÔNQUIOS

1

dois tubos
aveludados de muco
por onde me flui o sumo
das atmosferas

o meu anteparo inteiro
recebe o bafor dos lugares
através destas vias
também por elas escorrega
toda fortuna e mau faro de
correr quando meu anteparo não me colhe
ou não me toca
ali onde o peito
assusta a dúvida do real

remonta a movida
no odor que do nada abrota
lembranças de corporalidades ou íntimas rotas

2

há algo no ar
ou por dentro do anteparo
quando mirram
o prumo do vertebrado
assemelha um bate-estaca a dentro
o barulho do atormento
e a vibração que em radiais assume às costas
dois dutos pequenos
que estão rosnando lonjuras
que não são suas

perduram sei desprovidas de tônus
enfermuras de um interior ofegado

3

a chapa do tórax do ser
anisotropia espiralada dá de si e
faz sibilar ora e meia
fulas nomenclaturas

às vezes boca à toa
às vezes verdade pútrida

4

guisa guisa feito carburador
é quando carece feitio
disciplina no anteparo

e os dutos corridos de talvez cansaço
ou sedentarismo sazonal
incham

5

num momento de cisma
cabe recorrer à medicina oficial
ou ao xarope da copaíba

RAIO X DIGITAL DE TÓRAX PA PERFIL

ligeira acentuação da cifose
desvio do eixo dorsal de
convexidade a esquerda
não se evidenciam lesões
parenquimatosas focais
seios e cúpulas frênicas livres
área cardíaca dentro dos valores da normalidade

CONDIÇÕES DE TRABALHO

subreptício grave
obtuso opaco sustenido
alarido do grito que a larva apedreja

pérolas vazias de riqueza
dichavadores
de dores

matérias roladas
como o seixo e a
bucha paranga alva oval

sólidos bólides revolvidos a matérias vivas
sangue de bueiro alquimias da madrugada
diapasão anti-heliotrópico pia no corredor
transversal ao curral do pior pé-de-breque

a cidade é o único desafio para o
fulano sozinho que se arrisca a zombar os
mofinos com o seu marca texto à margem

mas fulano sozinho repara
dada hora da vida
certezas ruins sairão caras

REMIX DE AMBULANTES

prestígio chokito pele batata
pipoca salgadinho fini
amendupã
amendoim

AROEEEEEEEEEEEEEEEEEEIRA
EEEEEEEEEEEEEESFIHAAAAA
ó o salgado árabe iêeeeeeeeee

chegooooooou
o carro do ovo
são 30 ovos por 10 reais
3 caixas de ovos de codorna por 5 reais

isqueiro é 1 real
carregador da samsung
fone da samsung super
cola é 1 real
gilete 1 real
5 paçocas é
1 real

é só aqui no metrôshop
na orla ou no baú
cabo usb de 5 metros e
balinhas de eucalipto e
gengibre tops nesse frio para garganta

batatão é 2 BATATA
pururuca com catchup é 1 PURURUCA

olha o carro da pamonha passando
aqui na sua rua pamonhas de doce
com queijo pamonhas de sal com queijo pamonhas
temperadas com peito de frango e linguiça, hmmm
que delícia

qualidade tem nome
miguel da pamonha!
37 anos fazendo sempre assim
não vendemos gato no saco de jeito nenhum
estamos aqui um instante, seja breve
senão o moço vai embora e a garotada chora

a porta fechou o perigo passou
a clandestinidade continua

ô moça
olha a barrona de suflair
3 barronas de suflair
vai pegar por 10

brinca ele brinca ela
vai pegar patrão vai
pegar patroa essa máquina
que já foi eleita a melhor do ano

hoje a mulher vai se
raspar o homem vai
fazer cabelo costeleta cavanhaque aqui
com esta máquina lá fora é 30 patrão e
aqui pega por 10
e sai feliz da vida

bicicleteiro entregador
é categoria cabível em
qualquer
corredor
e similar

mas não distingue-se, tivesse o motor
bicicleteiro entregador evoluiria como
motoqueiro, nunca como motociclista
porque bicicleteiro entregador dorme
de mochila quadrada
sonha com trechos de pistas e lugares
entrega lanches
flores páginas manufaturas ordenadas
online

destinatário nem vê sua cara
trânsito quase o amassa mas
não dá nada

composições chamadas veículos longos sopram-lhe
na nuca o bafo quente
do acidente
mas não dá nada
se mal orientado pedala de chinelo e sem proteção
vital bicicleteiro entregador
se arrisca até o talo, recebe
pouco, não tem direito a nada bicicleteiro entregador
é a humanização dos pombos
correio em tempos de guerra
pois os animais nesta época já não se prestam mais a
esse tipo de serviço

O TRABALHO EM RELAÇÕES INTERNACIONAIS

1

hi stakeholder
te apresento os motivos
para cooperar comigo nesta fantasia
em qualquer fantasia consertar a ordem do poder das coisas
por que não subestimar o infame poder na ordem das coisas

2

a recuperação dos elefantes
dentro da bacia do limpopo
no sul de moçambique precede coordenações multisetoriais
arregimentadas pelas partes cooperantes e
porém especialmente a partir da facilitação
de pessoal local capacitado da parte de instituições parceiras
de outros países beneficiários desta cooperação em questão

3

da infâmia é possível
recuperar alguns marfins e seus elefantes acoplados
se traçamos uma espiral positiva entre nossa vida e
a dos bichos através
de instituições de proteção

o trabalho em relações internacionais demanda esta
visão ecossistêmica o que eles chamam no pré-requi
sito   seeing the big picture
inci   dir na política local es
tilo   sorridente convencê-
los do urgente problema que causamos mas que sim   tentemos reparar

4

na transferência tecnológica
de capacidades que permita
a inovação em sistemas forrageiros que reutilizem água para o pastoreio de pécoras
                                                                                    nos vales mesotérmicos de cochabamba

no advocacy internacional a
fim da descriminalização de
ser uma poc e de cultivar certas plantas em países errados

em estrita conjunção com o
regime de direitos humanos
apoiar a situação em pacaraima e não punir venezuelanos

na pluriversação de aportes
sem se render ao idealismo
deôntico de gritar particularidades para a ação coletiva do

            mundo: stakeholder bom abole a nação
            stakeholder bom se adapta à realidade dos fenômenos irresistíveis
            o trabalho em relações internacionais a
            quem possa interessar exorta preocupa
            gestiona o planeta   terra

                                    o que se cobra no pré-requisito:
                                    resilience in an integrative dynamic open office

5

trabalho de campo qualquer coisa
que fazemos pode prescrever a guerra e fazer degringolar
                    a paz de palha
de fato delicado dear stakeholder
manter peças & atores engajados no tabuleiro-armadilha

6

pois que os players são distintos
como nós desejam mandar criar
redomas em volta de si a fim do
benefício próprio e de sua
expectativa de interesses coesa

o trabalho em relações internacionais demanda ser amigo da onça
dissimular suas manchas & até endossar corolários éticos da presa
em sendo tatu

chegar na toca de tatu e avisar
mocidade! o arado vem com o
propósito de infringi-los a casa

7

hello stakeholder te convido a
empenhar-se pois goza de sua
expertise na temática comum
da negociação e resolução de
conflitos
e impasses quaisquer sempre
haverá um campo de fuga um
campo de saída um campo de
negócio um campo de mina a
que todo escombro se edifica

8

planeta mais lindo
requisita mundo mais adequado
a pessoas mulheres a pessoas não-brancas a pessoas não-straight a
pessoas preteridas pelas preferências seletivas
a pessoas virtuosas e desobedientes que
habitam este lar também

se somamos nós a
experiências diversas
parece possível agregar ativos
com externalidade positiva a seus interesses intrínsecos
embora não seja este o objetivo mais altruístico
mas demonstro assim que eu sei com quem negocio ok

9

é sabido que envolve
um custo político de manejar
estruturas e construtos basifixos
vê que se fosse fácil eu faria sozinho

porém te preciso a
coisa é complexa e
vital demais para ser simplesmente implodida
eu te convido e você convida seu portfólio de parcerias

10

o trabalho em relações internacionais
abafa ameaças maiúsculas tece costuras e impede
exponenciais vazões de violência entre vizinhanças
labor de rearranjar a história dos abusos
labor de reconsiderar a mácula dos domínios
labor de se ver miúdo
labor de pavimentar um futuro confortável antes do fim
o que se cobra no pré-requisito: estar vivo e insubmisso

11

por isso a ti me dirijo
ó competente stakeholder
estamos aptos a participar
em revolucionárias reformas de sentido
aquecer a voz dos interditos e assistir concretizar-se o eterno sonho

talvez não estejamos mais
vivos porém da
existência sairemos mais dignos
se algum dia sua prole pergunta
ao mais vividos o que foi feito daquilo poderão por certo responder que
seus ancestrais desempenharam corajosamente
uma função de ajeitar bagunças
um papel de serviços gerais que
importou em melhoras sensíveis ao ambiente que ocupamos como
espécie às relações que mantemos enquanto espécie

abolicionistas das tecnologias do
extermínio, ó competente stakeholder, você gosta de poder ser útil
então queira poder trabalhar comigo e tenha como garantido o seu
passaporte pro reino dos bem-quistos
o trabalho em relações internacionais
é isto
e mais
te convido
os salários são atrativos

SETOR DE VIDAS

bicho lá dentro sabe
que é único bicho lá
dentro tem sensação virtual de companhia
mas se o bicho grita
vítreos não trincam
bicho consente sua
vida pode ser salva
enjaulada longe da
selva

quando o bicho precisa de trégua, o bicho
fecha os olhos finge que a vida não é dele
brinda a anestesia
bicho voluntário o
bicho atrapado no
habitat espelhado
é bicho sem nicho
é bicho extinto de

quando imagino o
bicho me imagina
a seu lado de logo me coloco no mesmo
habitat espelhado

sem portas ou janelas
mas vítreo sim simula
horizontes que levam
a qualquer esperança

o bicho se torna arisco e chora
por que nenhum elogio que se
faça à sua estéril beleza, basta

bicho no vácuo não ouve e
seu presente foi colapsado

coitado bicho pária sem
receio se espalma
ali nada o alcança
quando é fechada a loja

lorys bailarinas twisters coelhos & tartarugas
a cacatua de 15 mil
todos dormem sob os monitores da gerência
até que retornem os funcionários tratadores

BRONCA SEGUNDA-FEIRA

você com seu cabelão
o vi rebolar na cidade

não pode rebolar na
cidade

só pode descansar
em uma rede, passear pelos parques

só pode se reunir
dentro, em ar condicionado
para lecionar a importância de suas vaidades
para o bom fluxo do mundo

dentro desta organização
fica terminantemente proibido que seus funcionários
participem de atos democráticos
já houve casos de ex-consultores protestando na esplanada

foram para não mais voltar
e identificamos que sim
o sr. colaborador esteve de baile na beira lago
este último sábado com colegas que portavam

insígnias de grupos partidários
se estivessem visíveis à posse do sr. colaborador
não haveria este aviso, lide com isso
e vamos nos voltar ao trabalho

FORÇAS ATUANTES

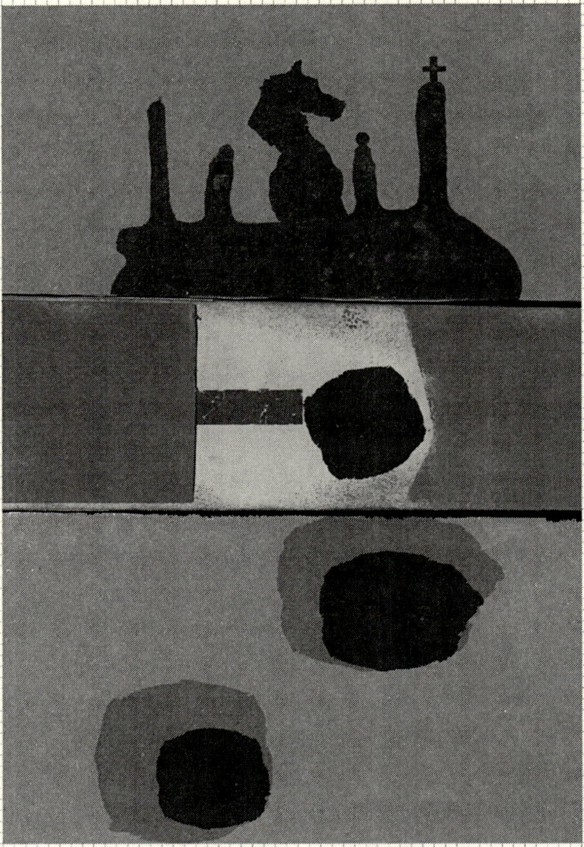

A RESISTÊNCIA DO CORPO DE PROVA

seguiram 2 similares
na altura no lado e logo no peso
                    material mesmo

ensaiar qual a máxima tensão
que suporta o corpo de prova
até sofrer ruptura

introduzido naquela máquina universal
de compressão de tração de cargas constantes
orçada em um milhão de reais
porém adquirida pela escola

o corpo de prova nº 1
vigora ao cisalhamento direto
com forças plausíveis
apenas ligeiras fissuras

o corpo de prova nº 2
cede ao cisalhamento triaxial explodindo
seus grânulos molhados por
uma água que solta a máquina quente na cara do alunado

espetáculo da matéria rompida
que aparentava impossível tenacidade
suscita os aplausos da turma

ESTUDO DE MATERIAIS

depila pedra esculpe
pedra faz pedra ganhar formatos
de lanças e arrecifes com a ferramenta do cisalho

sobre o caderno
que na mesa tem mais
lâmina de plaina

eu caibo como meta
percorrer a tenacidade que cede e alcança
alguma preciosidade

ilusão natural que rompe
quiçá que faltava se dispor sobre a ferramenta
do cisalho

assumir a ferramenta do cisalho
como que segurasse uma enxada, terrão afora

dentro da dolina
comprimida mantinha apreço
pela água parada somente porque era límpida
como usa-se dizer cristalina e ou transparente

porque essa água
está contida sob preguiçosas
e robustas forças
                da terra
em seus sedimentos demais
        sorvem do sol da lua
        essas duas aventuras mais dúbias
        suas nucas são cruas
        ao que se repousam
                em gancho

o ancho do chanfro é
uma elipse planar que dá pé
no croqui muito embora traçado a
partir de mecânicas intrigantemente duras
o elipsoidal é um círculo achatado em algum raio

o amor é um destino
ensimesmado de sos
laio com uma piscina
instalada
na pedra

sobre um platô
de chão rugoso e disposto
para o desequilíbrio dos mais bobos uma
topografia feita
para a vertigem

RESSONÂNCIA NO ANTEPARO

meu nome é heveu
nos chacoalhos sou
eu que cuido desta estrada

se estou aqui é porque anteparo não dota discernir
não tem instrumento para
mas justiça perpassa ouvir
então te entalha porque o
jovem homem aqui amou.

MADEMOISELLE GYNBREL

além do voo deleitado
jogaram o gigante xadrez de genebra
mademoiselle gynbrel
restou a vitoriosa   e
por generosidade
encaminhou o jovem até: plainpalais
pagou para ele um chá que queimou
a sua língua

mais à noite
carecia de ir ao liceu
fazer a recuperação de matemática gynbrel é uma moça de goiânia
lhe acenou o mont blanc a maison de tavel a catedral de são pedro
sorria entre flagas helvéticas
mas não entendeu o porquê
de o visitante não carrear os
músculos para dentro daquele quarto de outrem
                                        com janelas nos telhados
                                        por onde silenciosa avançou em lascívia ou
                                                                tédio   comum

TESTEMUNHO DE ABATE DE PORCO

colheram-no
o suíno malhado
sendo o chiqueiro cercado
no piloti abaixo do paiol
lá teve início a gritaria sem trégua
então com um punhal e objetividade
alguém cravou o colo
em região vizinha à axila esquerda daquele
leitão outro alguém sacou a espiga
de milho para no buraco cindido
estancar a hemorragia em benefício
da ternura da carne
no tempo que o ataram também pelos
membros já que se tratava de quadrúpede
os envolvidos tacitamente
organizados em círculo passaram
a notar a agonia do presunto
humilhado javali
e dali bastou questão de minutos
o transporte do porco morto foi executado
até a região externa da cozinha no tanque
de bica para proceder na decupagem
de onde não mais se viabilizou
a presença das infâncias à raia
a anatomia inteira daquele ser
foi disponibilizada para a alimentação
mas depois do almoço o terreiro
de secar o café persistia
represando sangue
e vísceras

VETOR DESLOCAMENTO ou **PARCELA DA TRAJETÓRIA**

UBICAÇÃO

repensar a fissura pela
margem de lucro pela margem das horas
pelo desordenado   enfado
descabida ripa encima às costelas do dia

coleira
de aço

sair do box do banho
sem bater o vidro de
maneira calma deixá-lo intacto e

não responder ao atraso com
desespero responde com o silêncio
de quem corre quase sempre cabisbaixo

se sem objetivos óbvios
com duas pernas e uma
expectativa de vida dita
terceiro mundista

largas léguas de estradeio
e muito embora meio dia
se dobre

embora cansado
de viagem, um resignado
cheiro de ônibus que fica

chegado
as coisas produzem
verdade

por que a própria chegada se faz de maneira calma
com apreensão estendida e menos abrupta do que
a cogito

cumprimenta os pouco vistos
observa objetos e calculando
sua avaria com base na memória que deles tinha à
época
recompõe a qualidade de sua presença no seio da
gente

sorri displicente e pertencido
mesmo considerado lapsos e
resíduos, a alma catapultada
encontra
destino este anteparo que me foi doado

BRÁULIO APARECIDO BICICLETEIRO

lide com o tamanho do mundo
a este elipsoide reivindicado de nosso
senão nosso que nele imos é verdade

calça ele nos modais sustentáveis
quais sejam as pernas ou a bicicleta
permance no trecho
anseia poder dedicar apenas
esta vida no trecho como faz
o mineiro bráulio há 10 anos

quando vê o sorriso desse homem
opta pelo trecho

calcula a fundura das superfícies
topográficas deste elipsoide dito
de nosso a partir da região do planalto central brasileiro
aos recônditos subtropicais
ouse 1 milésimo do mesmo

alguns que trombaram bráulio
já não o trombaram: o mesmo
bráulio – pedalador de curvelo
arregaça esse chão de betume   preto

é bom demais morar embaixo
do chapéu – como diz o outro
de buenos aires a curitiba vai
com sopro rompe fronteiras
notado seja

trotamundos contemporâneo
bráulio aparecido bicicleteiro

AXENDA CORUNHESA

debulhar o mar
afeitar a cara
liar o poro
cair na rua
dançar o azar

um pato me olha
eu olho o pato
que olha para o moinho eólico
vários na carretera

aquelas mozas
miñas amigas cheas de abrigos e bufandas

na praza do humor em montealto
dávamos várias risas
subindo as rúas

gostava lembrar
o nome de algumas

e no dia cerca da reitoria
sentados na praça olhando pra ría
perro maldito roubou violentamente a nossa bocata

e de quando aparecia
debochadamente na frente da lente querendo atrapalhar
                                        as fotografias
                                        seus planos davam errado

essa quando decidia desenhar a noite
isso sim era algo misteriosíssimo puro
jorrava dalí   dias

cumulativos e realmente
fazia vontade de rir igual

fulano jovial
assenta de turma no canhão montanha
turma ninguém se conhece quase nada
tira retratos

resolve de última hora
para amanhã sair de pernada
andar pelo menos uns duzentos quilômetros
pues nada

perdido
pelas fragas do eume
restava dormir pelo mato
sem imaginar perigos
sem conhecer a fauna
porque apenas perdido
mas começado ao
pico das zonas mais altas e
desde que descendido até
as fragas cobertas de líquens ciliares às
ourelas do eume
cogitava correto
curvar de forma aguda
sentido a portela de montelongo
e novamente alcançar a vila de monfero
porque dali se desembocava
fácil até betanzos
tarefa de 3 horas passar essas pedras
sair desta fraga que empeça a noite e pesado
de coragem e medo
ir rindo de si
dos dispositivos que
disparam pensamentos vândalos
quando domina uma adrenalina
de risco no corpo

andarilho varginhense
rádio no peito soando
dificuldade de locomoção

você tem um dvd pornô aí
interrogação

você tem um 50 100 reais
para eu jogar sinuca
interrogação

morador da EPTG

homem enorme
com agravadas dificuldades
suas pernas são comprometidas

habita ali
nos inúteis pontos de ônibus das faixas
centrais da EPTG
em frente à residência oficial
do governador do distrito federal

suas juntas atadas
ele dorme ali
sabemos das pontualidades doadas
e também da resistência associada
em fazer querer cuidar

porém o cidadão é enorme
e carece de digno apoio
sem compulsoriedade
enviem-no atenção

homem enorme
morador da EPTG
migra pouco
suas pernas são comprometidas
atadas com gaze engessada

EXCURSÃO A CALDAS NOVAS

guil pressionou o motorista
não quer saber de rezadeira no caminho
a viagem se trata de recreio
não é romaria, lembrou a todos destino:

ao clube de piscina
do estado de goiás

timárcio vai chamar o
violão no peito
e ir cantando daquilá

as veínha tudo
que tiver à toa
vai querer pagar cerveja pra ele
timárcio   não bebe cerveja

                    motorista diz que riu
                    falou que não acontece reza no seu volante
                    e desejou boa viagem

                                        você já imaginou ir daquilá louvando
                                        ave ave ave maria
                                        antes timárcio ir cantando boite azul

COLISÃO

PÚBLICO-ALVO

quem vive no slack sobre o fio dental abismado há várias alturas
quem disseca a posse cerceada na beira
no frio do piloti deitado
quem não tem razão
e nem quer ter
quem foge de tudo para se coçar
sentir o prazer da coceira
até verter esfoliação
quem chupa com a seringa já dentro do corpo
um vazio para injetar   o outro
quem é só o eco
atrás das coisas escondido
para mostrar-se
quem qualquer um encontra esta publicidade
o princípio de si foge
quem se regula as performances
nos editais do suporte
nos 15 segundos de vídeo
na periodicidade dos impulsos virtuais
essencialíssima a vida só vale se for shareada
quem sobretudo não procura multimeios multiformas para ser
quem é e só quem vive abismado, por várias alturas e baixezas
só quem zanca a despeito
quem se justapõe ao espaço que sobra
entre tudo   insipidamente
quem lambe um pirulito
quem subverte o gatilho e atira
um beijo lambido
na culatra
do auê

meu pai ainda existe
meu pai que não foi
ainda um pai digno porque não viu
um pai digno eu me preocupo com
isso algo que precisa ser irrompido
meu pai que não foi
pai mas foi pelo que
me lembro um bom
amigo meu pai que se escondia na
lavanderia para escutar discos no headphone
bebendo pinga meu
pai apartava rusga entre seus amigos quando
que brigavam por culpa do papel dos estados
unidos meu pai que
mocava pelas capas
ramos de maconha para de madrugada meu
pai que escreveu vários livros de poesias em
troca por não ter aprendido a tocar guitarra
meu pai ainda existe
procuro me lembrar
disso meu pai que não suportava a coragem
da minha mãe, a inteligência da minha mãe.
meu pai que deixou esta chaga de gostar de
poesia meu pai que
tem uma obra muito triste e que desanima
meu pai que fez jus
ao que escreveu isso dele ninguém tira meu
pai que quando saiu de casa foi morar lá no
brejo dos campos elíseos
ao lado de um campinho e só tinha de visita
baratas que matava com álcool iguanas que
esperava ir embora
e os filhos

meu pai que é um querido
por toda burocracia da secretaria de obras
da prefeitura de varginha pelo pessoal das
fiscalías pela cozinha do restaurante do gê

meu pai que escolheu não
ter família só depois que já havia tido meu
pai que é este omisso meu
pai que ainda se faz vivo e
mesmo depois de quase ter deixado de ser
vivo ainda está existindo o
meu pai que nunca tomou
partido o meu pai que ainda existe e mora
em campinas

meu pai que é nascido na medonha cidade
de ervália mas se orgulha disso, o meu pai
que não foi mal nem bem
meu pai que ainda está vivo embora seja o
grande esforço à memória
meu pai o sempre sumido
meu pai que implorou por
isso meu pai um exemplo
de bunda-mole porém é o
meu pai e ele ainda existe
procuro me lembrar disso

SEPAN

todos cuantos vean esta pública escritura
que el declarante está apto
a cumprir las corbeturas previstas
exclusivamente para fines de referéncia y

engodo

www.laranjaoriginal.com.br

Edição
Filipe Moreau

Projeto gráfico
Marcelo Girard

Ilustração
Marcos Garuti

Produção executiva
Bruna Lima

Diagramação
IMG3

Dados Internacionais de Catalogação na Publicação (CIP)
(Câmara Brasileira do Livro, SP, Brasil)

Augusto, Felipe
Referencial adotado : poemas / Felipe Augusto ; ilustrações Marcos Garuti. – São Paulo : Editora Laranja Original, 2025.

ISBN 978-65-5312-004-4

1. Poesia brasileira I. Garuti, Marcos. II. Título.

25-273689 CDD-B869.1

Índices para catálogo sistemático:
1. Poesia : Literatura brasileira B869.1
Eliete Marques da Silva - Bibliotecária - CRB-8/9380

Laranja Original Editora e Produtora Eireli
Rua Isabel de Castela, 126
05445-010 São Paulo SP
contato@laranjaoriginal.com.br

Fonte Flama
Papel Pólen Bold 90 g/m²
Impressão Psi7
Tiragem 380 exemplares